LES DEUX MILICIENS,

O U

L'ORPHELINE VILLAGEOISE,

COMÉDIE

EN UN ACTE ET EN PROSE,

MÊLÉE D'ARIETTES;

Par M. D'AZEMAR, Lieutenant au Régiment de Touraine.

La Musique est de M. FRIDZERI.

Représentée pour la premiere fois par les Comédiens Italiens Ordinaires du Roi, le Samedi 24 Août 1771.

Sçavoir son ami heureux, c'est l'être soi-même.

Le prix est de 24 sols.

A PARIS,

Chez la Veuve DUCHESNE, Libraire, rue Saint-Jacques, au-dessous de la Fontaine S.-Benoît, au Temple du Goût.

M. DCC. LXXI.

Avec Approbation & Privilége du Roi.

A MADAME

LA PRINCESSE

DE

MONTMORENCY-MONTMORENCY.

MADAME,

C'EST aux vertus & à la bienfaisance que l'on doit son

A ij

premier hommage. La jeune Orpheline que j'ai l'honneur de vous présenter, débute aujourd'hui dans la carriere épineuse où elle a été destinée. Vous avez bien voulu l'adopter : daignez lui continuer vos bontés. Vous allez la connaître plus particulierement. Elle a des défauts réels qu'elle ne se dissimule point, & n'a, pour tout mérite, que de la franchise & de la sensibilité; mais ces sentimens vous sont

Si naturels, qu'elle ose espérer de trouver grace à vos yeux. Je suis, avec un très profond respect,

MADAME,

Votre très-humble & très-obéissant serviteur,
D'AZEMAR.

ACTEURS.

GERMAINE, Vieille Payſanne,
Mere de Juſtin.   .   *Mlle Deſglans.*

ADRIEN, Ami de Juſtin.   *M. Suin.*

JUSTIN, jeune Payſan, amou-
reux de Chriſtine.   *M. Julien.*

CHRISTINE, jeune Payſanne,
amoureuſe de Juſtin.   *Madame Trial.*

LE SUBDÉLÉGUÉ.   *M. Veroneſe.*

LE SYNDIC.   *M. Trial.*

FRAPPEDABORD, Grenadier,
Recruteur, en uniforme, du
giment de Touraine.   *M. Nainville.*

CHARLES BRUNO, Charbon-
nier.   *M. La Ruette.*

RECRUES.

CAVALIERS DE MARÉCHAUSSÉE.

PAYSANS, PAYSANNES, de tout âge.

La Scène eſt dans un Village.

LES
DEUX MILICIENS,
COMÉDIE.

Le Théâtre repréfente une Place publique du Village, à droite & à gauche, & une allée d'arbres qui fe termine en berceau dans le fond. Sous ce berceau eft une table, un banc de pierre, &c.

SCENE PREMIERE.
CHRISTINE, *feule.*

ARIETTE.*

QUE la peine la plus vive
Eft près du contentement !

---

* Au lieu de cette Ariette, on chante celle-ci parodiée fur un air de M. Fridzeri.

Que l'Amour caufe d'allarmes,
Quand il regne dans un cœur !
S'il a quelquefois des charmes,

A iv

Je touchais au plus doux moment :
Un ordre cruel arrive :
Je vais perdre mon Amant.
Que la peine la plus vive
Eſt près du contentement !

Mon bonheur était extrême....
Ah ! s'il a fui ſans retour,
Amour !
En perdant tout ce que j'aime,
Fais que je perde le jour.

SCENE II.

CHRISTINE, CHARLES BRUNO, FRAPPEDABORD.

CHARLES BRUNO, *du fond du Théâtre, avançant à meſure.*

LA v'là, ſte belle enfant ! —— Sarpedié ! Monſieu Frappedabord ! Queu gentilleſſe ! Comm'alle
eſt avenante ! Mais ç'n'eſt rian, voyais-vous ! en

Il a bien plus de rigueur,
Quand il regne dans un cœur.
C'eſt toujours nouvelle peine,
Nouveaux tourmens :
La gêne
Suit de près les plus doux momens.

Que l'Amour cauſe d'allarmes, &ç.

comparaifon de fon himeur, de fa mignardife. ——
Alle vous a des façons! Alle vous a des magnie-
res!... (*Chriftine fe retourne.*) Vôt' farviteux,
Mamfelle Chriftine.

C H R I S T I N E.

Votre fervante, Monfieur Bruno; & votre com-
pagnie.

F R A P P E D A B O R D, *Saluant Chriftine.*

Mamfelle...

C H A R L E S   B R U N O.

M'eft avis qu'vous êtes bian trifte, aujourd'hui.
—— Il eft vrai qu' j'en ons tretous fujet : fte guiabe
de milice...

C H R I S T I N E.

Hélas ! —— Vous ne me diriez pas fi le Subdélégué eft arrivé ?

C H A R L E S   B R U N O.

Si fait. Je fortons de le voir tout à ft' heure
cheux le Syndic.

C H R I S T I N E, *à part.*

C'eft inutile : il faut que je lui parle.

C H A R L E S   B R U N O.

Vous aurais bian du mal à pouvoir l'abordais.
Il eft affairé, il eft affairé qu'ça ne fénit pus.
C'eft le Marguillais par ici, c'eft le Syndic par ilà.
—— Je favons de bonne part qu'il doit paffais par
ici : fi vous vouliais m'en craire, vous atten-
driais...

C H R I S T I N E, *fortant précipitamment.*

Non, non.

SCENE III.

CHARLES BRUNO, FRAPPE-DABORD.

CHARLES BRUNO, *d'un air en-dessous.*

D'AUTANT qu'... Brr... alle est déja partie. —
V'là comm' c'est, Monsieu Frappedabord, dreu
qu'je l'y voulons glissais eun p'tit mot de mon
amour, crac, alle s'enfuit, comm' si alle s'en avi-
sait. — Morgué, ça me fait endevais.

FRAPPEDABORD.

Faut brusquer le temps, mon ami ; igna que
ç'a.

CHARLES BRUNO.

V'là qu'èt bian dit ; mais morgué, alle est afo-
lée d'eun nommé Justin, garçon du Village. —
Tatigué ! je ririons bian, s'il attrapait le sort !

FRAPPEDABORD.

Je le crois ; mais penses-tu, bonnement, que
tu lui fairais oublier un joli garçon comme Justin, qui a du savoir, qu'èt ben appris, qu'a fait
son tour de France ?

CHARLES BRUNO.

Pourquoi non ?

FRAPPEDABORD.

Allons, allons, avec ton habit, ta figure enfu-
mée, tu ferais peur au Démon le plus déter-
miné.

CHARLES BRUNO.

Bauh, bauh ! vous ne connoiſſais pas ces
femelles : je l'y fairions tant d'amiquié, tant,
tant.

FRAPPEDABORD.

Tais-toi donc : tu raiſonnes comme mon brû-
le-gueule. Veux-tu que je t'apprenne le moyen
de ſupplanter ton rival, là, en camarade ?

CHARLES BRUNO.

Voirment, ç'feroit obligeant, oui !

FRAPPEDABORD.

Fais deux ou trois campagnes. C'eſt ça qui forme un jeune homme ! C'eſt ça qui prévient
une fille en ſa faveur ! —— Ah ! mon ami ! mon
ami !...

ARIETTE.

Quand un ſoldat vient de la guerre,
Qu'il eſt chéri ! qu'il eſt fêté !
On l'admire, on le conſidere :
Tout le monde en eſt enchanté.

A ſa démarche réſolue,
Son regard fier & triomphant,
On ſe le montre, on le ſalue :
» Voyez, dit-on, le brave enfant !

» Quel air ! quels traits «! Chacun s'écrie :
» Il eſt tout autre : oui , ſur ma foi «.
Garçon dont l'ame eſt aguerrie ,
S'embellit en ſervant ſon Roi.

Quand un ſoldat , &c.

CHARLES BRUNO.

C'eſt mordi vrai, ça ; quand vous vîntes en
recrue l'hyver dernier, i n'étoit queſtion qu'de
Monſieu Frappedabord dans tout le Village.

FRAPPEDABORD.

Eh ! Comment donc ?

CHARLES BRUNO.

Qu'vous paſſiais dans la rue , igna pas de fille
qui ne vous reluqu'; de maitreſſes, vous en avais
tant qu'vous voulais.

FRAPPEDABORD.

Eſt-ce qu'un grenadier connaît les obſtacles ?

A i r.

Lorſqu'une belle a ſçu me plaire ,
Je lui déclare mon ardeur :
Elle a beau faire la ſévere ,
J'adoucis ben-tôt ſa rigueur.

CHARLES BRUNO.

Bon , bon ! comment cela ?

FRAPPEDABORD.

Avec ce minois-là.

'A jeuve & novice poulette,
J'apprends ben-tôt l'art des foupirs :
J'avance & brufque fa défaite
Au gré de mes tendres defirs.

CHARLES BRUNO.

Bon, bon ! comment cela ?

FRAPPEDABORD.

Avec ce minois-là.

Quand je rencontre une Coquette
Qui veut jouer le fentiment,
D'un œil en deffous je la guette,
Et la rends fouple comme un gant.

CHARLES BRUNO.

Bon, bon ! comment cela ?

FRAPPEDABORD.

Avec ce minois-là.

Quand je m'engageai, il y a cinq ans, avec
Monfieur le Marquis d'Olbigni, le Seigneur du
Village, je n'étais qu'un ruftre, un lourdaut
comme toi. Tu vois, maintenant ! on a du favoir-
vivre ; on peut fe préfenter, je me flatte. (*Charles
Bruno réfléchit.*) Hé bén ! je pars aujourd'hui
avec mes Recrues, comme tu fais. Te fens-tu dif-
pofé ?...

CHARLES BRUNO.

Morgué, tout bien ruminais, je ne difons pas
non. J'apperçois le Suddélégué, laiffais-moi li
parlais. S'il me refufe, nous voirons. Allais m'at-

tendre au cabarais, toujours ; nous deviferons pus amplement fur ça.

FRAPPEDABORD.

Ça fuffit. —— Oh çà ! Pays, je t'attends ?

CHARLES BRUNO.

Oui, oui, allais, je vous fuivons.

SCENE IV.

CHARLES BRUNO, LE SUBDÉLÉ-GUÉ, LE SYNDIC.

(Charles Bruno, le chapeau à la main, cherche à accofter le Syndic.)

LE SYNDIC.

Voici l'endroit où l'on a coutume de tirer, ainfi que j'ai déja eu l'honneur de le dire à Monfieur le Subdélégué.

LE SUBDÉLÉGUÉ.

Fort bien.

LE SYNDIC.

La Maréchauffée doit y être rendue à quatre heures moins un quart, & la Jeuneffe du Village à quatre heures précifes.

L E. S U B D É L É G U É.

Bon.

(Il tire sa montre.)

CHARLES BRUNO, *à demi-voix.*

Morgué, Monsieu le Syndic, vous qu'avais la langue si bian pendue, parlais eun p'tit brin pour moi à Monsieu le Subdélégué.

L E S Y N D I C.

Oh, parbleu, oui! j'ai bien autre chose à faire, vraiment. —— Avec la permission de Monsieur le Subdélégué, il me reste encore quelques ordres à donner...

L E S U B D É L É G U É.

Allez, allez. Je me rappelle aussi qu'il faut....

(Il regarde l'heure qu'il est.)

CHARLES BRUNO, *au Syndic qui s'en va.*

Mais queu guiabe!...

(Il lui parle bas à l'oreille.)

L E S U B D É L É G U É, *à part.*

Trois heures & quart.

(Il remet sa montre.)

C H A R L E S B R U N O.

C'est tout comm' si vous le teniais; d'ailleurs....

L E S Y N D I C.

Oh, oh! ce n'est pas l'intérêt... le plaisir d'o-bliger... Est-il gras le cochon de lait ?

L E S U B D É L É G U É.

Hein ?

LE SYNDIC.

Ho ! rien. C'eſt un payſan qui voudrait parler à Monſieur le Subdélégué.

LE SUBDÉLÉGUÉ.

Qu'il approche.

LE SYNDIC, *bas à Charles Bruno.*

Conte lui ton affaire ; va, je lui dirai un mot
de toi, tantôt.

SCENE V.

LE SUBDÉLÉGUÉ, CHARLES BRUNO.

LE SUBDÉLÉGUÉ.

QU'EST-CE, mon enfant ?

CHARLES BRUNO.

Haila ! Je venions ſuppliais Monſieu le Subdélégué, ſi c'étoit eun effet de ſa bienveuillance...

LE SUBDÉLÉCUÉ.

De t'exempter de tirer la milice ?

CHARLES BRUNO.

Ma figu', Monſieu le Subdélégué a dévinais ?

LE SUBDÉLÉGUÉ.

As-tu quelques raiſons, mon ami, qui t'autori-
ſent à cela ?

CHARLES

CHARLES BRUNO.

Voirment, fi j'en ons! pus de mille. Primò d'a-
bord, depis huit jours, je dépériffons à vue
d'œil. Je fais, mordi, piquié à tous les voifins.
Voiais, vous-même. J'ons déja perdu l'appétit,
le fommeil, le courage, la foif; fi bian qu' j'ons
toutes les peines du monde à boire ma bouteille
de vin à chaque repas.

LE SUBDÉLÉGUÉ.

La pefte!

CHARLES BRUNO.

Je vous avartis, déja; fi j'attrapons le fort,
c'eft fait du pauvre Bruno.

LE SUBDÉLÉGUÉ.

Qu'eft-ce donc qui t'attache ici? Quelle eft
donc la vie que tu mènes? Miférable que tu és!
ne vaudrait-il pas mieux fervir ta Patrie que d'être
chaque jour en proie à la mifere, la fatigue?

CHARLES BRUNO,

Hailà! j'ons véritablement affez de tintoin;
mais qu'importe? l'habitude fait tout; & pis,
quand on eft libre & gaillard, on fe gauffe du
refte.

ARIETTE.

Au point du jour, je pars de ma chaumiere,
Le corps difpós, le cœur content.
J'allons au bois; &, fuivant ma magniere,
Je me livre au travail gaiement.
Quand j'ons féni ce que j'avions à faire,
Le foir, dans le fein du repos,

B

Je viens, en chantant, me refaire
De mes pénibles travaux.
Là dans un doux loifir,
Exempt d'inquiétude,
Boire, me réjouir,
V'là ma feule étude,
V'là mon feul plaifir.

LE SUBDÉLÉGUÉ.

Je ne vois rien dans tout cela, mon ami, qui puiffe t'empêcher de tirer la milice. L'événement eft fâcheux, j'en conviens ; mais qu'y faire ? c'eft un mal néceffaire pour l'intérêt public.

CHARLES BRUNO.

Mordi !

LE SUBDÉLÉGUÉ.

C'eft inutile, mon ami ; la droiture, l'intégrité que m'impofe ma charge, la confiance que Monfeigneur l'Intendant veut bien avoir en moi, ne me permettent pas de m'écarter en rien des ordres qui me font prefcrits.

CHARLES BRUNO, *à part.*

Oui ! Allons trouvais le Syndic. C'eft un fin marle. Je l'ons mis dans nos intérêts. Il f'ra pus, d'eun mot, que je ne fairions en mille. (*Haut.*) Je fis bian vot' valet ; pas moins, Monfieu le Subdélégué.

LE SUBDÉLÉGUÉ.

Adieu, adieu, mon ami.

SCENE VI.

LE SUBDÉLÉGUÉ, CHRISTINE.

LE SUBDÉLÉGUÉ, *à part.*

Parbleu, c'est quelque chose de terrible que l'importunité de ces gens-là.

CHRISTINE.

Je tremble, je ne sçais comment l'aborder.

LE SUBDÉLÉGUÉ, *à part.*

Mais je ne songe pas...

CHRISTINE, *d'un air ému & extrêmement timide.*

Dame! excusez, Monsieur le Subdélégué si, je prends la liberté...

LE SUBDÉLÉGUÉ.

Rassurez-vous, ma belle enfant ; que puis-je pour votre service ?

CHRISTINE.

Hélas ! je venais vous prier de vous intéresser un peu pour Justin ?

LE SUBDÉLÉGUÉ.

(*A part.*)

Oui-dà. (*Haut.*) A qui appartient-il ?

CHRISTINE.

A Germaine, cette respectable veuve, aimée,

chérie de tout le Village, bien malheureuſe, hé-
as ! & bien à plaindre.

LE SUBDÉLÉGUÉ.

Et, eſt-il grand, eſt-il beau garçon Monſieur
Juſtin ? (Oui ſans doute ?) Vous eſt-il attaché ?
l'aimez-vous bien ?

CHRISTINE.

Ah ! qui ne l'aimerait ? il eſt ſi doux ! ſi ſage ! ſi
honnête !

ARIETTE.

Depuis ma plus tendre enfance,
Juſtin régne ſur mon cœur.
Un doux penchant, les jeux de l'innocence
Firent naître mon ardeur.
Rien ne manque à mon bonheur.
Son air, ſes yeux, tout m'aſſure
Qu'il brûle d'un feu conſtant ;
Chaque jour il me le jure,
Chaque jour j'en fais autant.
C'eſt la flâme la plus pure
Qui nous dicte ce ferment.

LE SUBDÉLÉGUÉ.

A merveille ! Ainſi donc, vous n'eûtes pas de
peine à aimer Monſieur Juſtin ?

CHRISTINE.

Oh ! non, Monſieur le Subdélégué : auſſi bien,
ç'auroit été inutile de ſe défendre ; car, s'il faut en
roire une Chanſon, il eſt bien difficile, mais

bien difficile de vaincre l'amour. Vous en allez juger.

LE SUBDÉLÉGUÉ, *à part.*

Elle m'enchante. —— J'ai un plaifir fingulier.

CHRISTINE.

CHANSON.

Colin un jour fur la fougere ,
Contant à Baftien fon tourment ,
Lui difait : j'aime une Bergere ;
Mais je brûle inutilement.
Quoi ! dit Baftien , elle eft févere ?
Hé bien ! éteins ce feu naiffant.
Ah ! reprit-il en foupirant ,
J'y fais en vain tout mon poffible ;
Mon ardeur s'accroît chaque jour.
Avec un cœur tendre & fenfible ,
Peut-on , hélas ! réfifter à l'Amour ?

Si de mon fort je m'étudie
A pouvoir calmer la douleur ;
Aux champs , aux bois , dans la prairie ,
Par-tout l'ennui s'offre à mon cœur.
Je vois le printemps de ma vie ,
De même qu'une tendre fleur ,
Perdre l'éclat de fa fraîcheur.
J'y fais en vain tout mon poffible ;
Mon ardeur s'accroît chaque jour.
Avec un cœur tendre & fenfible ,
Peut-on , hélas ! réfifter à l'Amour ?

L'Amour, caché derriere un frêne,
Soûrit, & fut à ce Berger;
Va, lui dit-il, de l'inhumaine
Je fçaurai bien-tôt te venger.
Il vole, à ces mots, dans la plaine,
Trouve Lifon, lui lance un trait....
Le coup fatal eut fon effet:
Elle eut beau faire fon poffible;
Son ardeur s'accroît chaque jour.
Avec un cœur tendre & fenfible,
Peut-on, hélas! réfifter à l'Amour?

LE SUBDÉLÉGUÉ, *à part les premiers mots.*

Elle m'attendrit. Si je faifais en forte... Ah! ah! Ma charge.... mon état... ma foi... Partons. Si je reftais plus long-tems, je ne répondrais pas... Mon enfant, je voudrais qu'il fût en mon pouvoir de vous obliger... Mais il m'eft, en vérité, impoffible... J'ai des ordres fi fevères fur cet article... Il faut efpérer que le fort ne vous fera pas fi contraire que vous le penfez.

(*Il fort.*)

C H R I S T I N E.

Ah! fi Juftin m'eft ravi, je ne furvivrai pas long-temps à mon malheur.

SCENE VII.

CHISTINE, *seule.*

ARIETTE.

QUELLE peine ! quelle contrainte !
Combien mon cœur est tourmenté !
Par l'espérance & par la crainte
Tour-à-tour il est agité.
Ah ! si perds l'Amant que j'aime,
Il n'est plus pour moi de bonheur.
Cet amour, si cher à mon cœur,
Va donc causer ma peine extrême !
    Hélas ! si le sort,
    Propice à nos feux,
    Nous réserve encor
    Des momens heureux....
Hélas ! vainement je forme des vœux ;
    Un destin rigoureux
    Épuise sur nous
    Ses plus rudes coups.

SCENE VIII.

CHRISTINE, JUSTIN, ADRIEN.

JUSTIN.

LA pauvre enfant ! aide-moi à la raffurer.

ADRIEN.

Laiffe faire.

CHRISTINE, *à Juftin, d'un ton tendre & douloureux.*

Ah ! te voilà ?

ADRIEN.

Hé bien ! Mademoifelle Chriftine, toujours trifte, toujours ?...

CHRISTINE.

Hélas ! Je m'étois flattée d'attendrir le Subdélégué en faveur de Juftin...

JUSTIN.

Eh ! ces gens-là ne connoiffent que leur devoir.

ADRIEN.

Allez, allez, reprenez cet air riant, cette gaieté qui charme tout le monde. Bien des perfonnes m'ont affuré que les jeunes filles (& fur - tout les jolies) étoient heureufes. Vous êtes de ce nombre-là ; vous aimez Juftin : vous lui porterez bonheur.

CHRISTINE.

Ce n'eſt pas pour moi ſeule que je crains. Sa mere m'intéreſſe autant que ſi je lui apparte-nais. Je ſçais qu'elle a employé le peu de bien qu'elle avait à faire apprendre un métier à Juſ-tin. Elle a fondé tout ſon eſpoir ſur lui. Veuve & âgée comme elle eſt, s'il vient à lui manquer, quelle ſera ſa reſſource?

ADRIEN.

Oh ! il faut eſpérer...

CHRISTINE.

Je lui dois tout : auſſi, je n'oublierai jamais ce qu'elle a fait pour moi. Je perdis mes parens fort jeune, à la ſuite d'un procès qui les ruina. Le Seigneur du Village, touché de mon ſort, of-frit de me faire mettre aux orphelins. Germaine, qui étoit fort liée avec ma mere, ne le voulut ja-mais. Elle me retira chez elle, m'éleva, m'inſ-truiſit, & prit autant de ſoin de moi que ſi j'euſſe été ſa propre fille.

ADRIEN.

Je reconnais bien là la mere de mon ami.

CHRISTINE.

Quand elle apprit que nous nous aimions avec Juſtin, elle en fut charmée. « Continuez de vous » aimer, me dit-elle : quelque jour, peut-être, ô » mon enfant! ſi le Ciel ſeconde mes vœux, mon » fils pourra te dédommager de l'injuſtice de la » fortune à ton égard ». Lorſque Juſtin partit avec vous, il y a trois ans, pour faire ſon tour de France, elle nous promit qu'à ſon retour elle nous uniroit. Avec quelle impatience j'ai ſouhaité ce retour ! —— Hélas ! pouvais-je prévoir qu'il me causerait autant de chagrin ?

JUSTIN.

Va, raffure-toi. Ma mere, comme tu fçais, a été parler à Monfeigneur l'Intendant ; Il eft bon, fenfible, généreux ; elle lui expofera notre état ; il en fera touché & nous ferons heureux.

ARIETTE.

Non, tu ne peux m'être ravie ;
Nous verrons combler nos fouhaits.
L'Amour, qui forma tes attraits,
Unit nos deux cœurs pour la vie.

Notre ardeur fera couronnée ;
J'en ai le doux preffentiment ;
Tout me dit que cette journée
Verra finir notre tourment.
Non, tu ne peux, &c.

Le Ciel te fit pour régner fur mon ame ;
Il fit Juftin pour t'adorer.
Mon fort, mes jours font liés à ma flâme :
Rien ne fçaurait les féparer.
Non, tu ne peux, &c.

CHRISTINE.

Quelque chofe qui arrive, on ne peut me ravir la douceur de t'aimer.

TRIO.

Chriftine.   Ton image chérie
Eft toujours dans mon cœur.

Justin.   Que mon ame est ravie
D'un aveu si flatteur !

Ensemble.   { La chaîne qui me lie
{ Fait mon plus doux bonheur.

Adrien.   L'amitié qui vous lie
Fera votre bonheur.

Christine.   Je t'aimerai sans cesse.

Adrien.   Chérissez-vous sans cesse.

Justin.   Sois sûre de ma foi.

Adrien.   Je réponds de sa foi.

Christine
& Justin.   Je cède à la tendresse
Que je ressens pour toi.

Adrien.   Qu'à jamais la tendresse
Soit votre seule loi.

Christine
&
Adrien.   J'ai la douce espérance
De voir $\genfrac{}{}{0pt}{}{\text{nos}}{\text{vos}}$ vœux remplis.

Justin.   J'ai la douce assurance
Que nous serons unis.

Cristine
&
Adrien.   L'Amour qui $\genfrac{}{}{0pt}{}{\text{nous}}{\text{vous}}$ engage
Favorise $\genfrac{}{}{0pt}{}{\text{nos}}{\text{vos}}$ feux.

Ce bonheur $\genfrac{}{}{0pt}{}{\text{nous}}{\text{vous}}$ présage
Le sort le plus heureux

CHRISTINE, *d'un air un peu rassuré.*

Tout ce que tu pourrais me dire est inutile ; je
ne serai contente que lorsque je sçaurai à quoi

m'en tenir. Voici l'heure où maman doit arriver. Je vais au-devant d'elle pour fçavoir quel a été le fuccès de fon voyage.

SCENE IX.

JUSTIN, ADRIEN.

ADRIEN,

LA petite commere, comme elle s'intéreffe à toi !

JUSTIN.

Nous nous aimons dès l'âge le plus tendre, & le temps n'a fait qu'augmenter notre amour.

ADRIEN.

Ma foi, tu as raifon de lui être attaché : c'eft le meilleur cœur, le meilleur caractere que je connaiffe.

JUSTIN.

J'affecte, pour la confoler, une affurance que je n'ai pas.

ADRIEN.

J'aurais autant de regret que toi à quitter ce pays-ci ; mais fi le malheur nous en veut, il faudra bien s'y réfoudre.

JUSTIN.

Ah ! tout me ferait doux avec toi, fi je n'avais une maitreffe, une mere : ——une mere, que

j'aime autant qu'elle le mérite ; mais son état, sa
situation...

A D R I E N.

Il y a moyen à tout. Nous avons chacun un bon
métier. Dans quelque pays que nous allions, nous
trouverons à travailler. A mesure que nous gagne-
rons quelque argent, nous le ferons passer à ta
mere. Mon plus doux plaisir, ma plus douce satisfaction sera de pouvoir l'obliger.

J U S T I N.

Je n'ai jamais douté de tes sentimens pour moi :
les miens te sont connus.

D U O.

J U S T I N.

Quand, le cœur plein de ma tendresse,
J'arrivai dans ces lieux chéris,
Ami ! quelle étoit mon ivresse !
Quel sort flatteur m'était promis !

A D R I E N.

Va, va, dans un instant, peut-être
Nos maux feront évanouis.

A D R I E N.	J U S T I N.
Oui , nous verrons encor renaître	Ah ! je ne verrai plus renaî-tre
Le bonheur qui nous fut promis.	Le bonheur qui me fut pro-mis.

J U S T I N.

Si je pars, ô ma tendre mere !
Qui daignera te soulager ?

Dieux ! quelle ferait fa mifere !
Hélas ! je frémis d'y fonger.

ADRIEN.

En quelque lieu de la nature
Que le deftin joigne nos cœurs,
Mon amitié conftante & pure
Partagera tous tes malheurs.

ADRIEN.	JUSTIN.
Oui, quelque événement fu- nefte	Ah ! quelque événement fu- nefte
Qui puiffe t'affliger encor,	Qui puiffe m'affliger encor,
O mon ami ! mon cœur te refte :	O mon ami ! ton cœur me refte :
Tu peux braver les coups du fort.	Oui, je brave les coups du fort.

ADRIEN.

Ah ! voici ta mere.

SCENE X.

ADRIEN, JUSTIN, CHRISTINE, GERMAINE *s'appuyant sur le bras droit de Christine.*

GERMAINE.

SOUTIENS-MOI, mon enfant. Je n'en puis plus; je suis toute en nâge.

(*Elle s'essuie le front avec son tablier.*)

JUSTIN, *d'un air d'empressement mêlé de crainte.*

Hé bien, ma mere ?....

GERMAINE.

Ah! mon enfant!...

ADRIEN.

Quoi! Monseigneur?....

GERMAINE.

Sur les promesses qu'il me fit dernierement, croyant qu'il aurait égard à mon état, je partis ce matin dans ce doux espoir. J'arrive, je vais chez lui la joie dans le cœur....

JUSTIN.

Hé bien?

GERMAINE.

Hélas !

R O M A N C E.

Je frappe : on ouvre : je m'avance ;
Je vole à fon appartement :
J'entre, je fais la révérence ;
J'embraffe fes pieds en tremblant.
Que voulez-vous, dit-il, ma Bonne ?
Monfeigneur, c'eft pour mon enfant....
Qu'il tire, pourfuit-il ; perfonne
D'un tel fort ne peut être exempt.

Pauvre, & fur le déclin de l'âge,
Mon fils, lui dis-je, eft tout mon bien ;
Il me nourrit de fon ouvrage ;
C'eft mon efpoir, c'eft mon foutien.
Monfeigneur a l'ame fi bonne !...
Je l'implore pour mon enfant.
Qu'il tire, me dit-il ; perfonne
D'un tel fort ne peut être exempt.

Prêt à s'unir à fa maitreffe,
Peut-être il va s'en féparer.
Que fon malheur vous intéreffe !
Eft-ce en vain que j'ofe efpérer.
Monfeigneur a l'ame fi bonne !...
Je l'implore pour mon enfant.
Qu'il tire, me dit-il ; perfonne
D'un tel fort ne peut être exempt.

J'ai eu beau le prier, le fupplier à mains join-
tes,

tes ; lui repréfenter que je n'avais que deux enfans, que le plus âgé était à Lyon depuis deux
ans & que je n'en avais aucune nouvelle. ——
Rien n'a pu le fléchir. —— Que je vous plains,
mes chers enfans ! & toi, ma pauvre Chriftine,
tu méritais un meilleur fort. —— Hélas ! pour
combien je voudrais te voir heureufe !

CHRISTINE.

Ah ! votre bonheur m'intéreffe plus que le
mien !

GERMAINE.

Quelle fituation ! —— C'eft à quatre heures que
l'on tire ?

ADRIEN.

Oui.

GERMAINE.

Et c'eft demain, —— demain, que partent les
infortunés à qui le fort tombera ?

CHRISTINE.

Hélas ! oui.

GERMAINE.

Ciel ! Voici le Syndic, la Maréchauffée ! Dans
un moment, peut-être…. Ah ! Dieux ! …

SCENE XI.

Les Acteurs précédens, LE SYNDIC ; LA MARÉCHAUSSÉE, *un gros Livre ou Regiſtre ſous le bras, une Écritoire & un Corbillon à la main ;* GUILLOT , *ſuivant le Syndic , & portant un tapis & un couſſin ſous le bras. Pendant le Quatuor ſuivant , il étend le tapis ſur la table , poſe le couſſin ſur le banc. Le Syndic tire des Billets de ſa poche , les plie , les arrange dans le Corbillon. Les Acteurs du Quatuor le regardent faire , de temps en temps , d'un air douloureux. Le Payſan & le Syndic ſortent avant la fin du Quatuor.*

QUATUOR.

GERMAINE.

QUEL ſort , pour une tendre mere !
Je vais te perdre , ô mon enfant !

CHRISTINE.	JUSTIN.
Raſſurez-vous , ma tendre mere ;	Raſſurez-vous , ma tendre mere ;
Il vous reſte encore un enfant.	Vos pleurs aigriſſent mon tourment.

Nous unirons notre misere, | Que ma Christine vous soit
Si l'on m'enleve mon amant. | chere :
  | Il vous reste en elle un en-
  | fant.

ADRIEN , *en même temps que Justin & Christine.*

Que son Amante vous soit chere :
Il vous reste en elle un enfant.

GERMAINE.

Toujours elle me sera chere....
Ah ! quel supplice ! quel moment !

ADRIEN.

Quel sort , pour une tendre mere !
Ah ! je partage son tourment.

JUSTIN , *seul.*

Si le destin nous est contraire ,
Songe à ton malheureux amant ;
N'abandonne jamais ma mere ;
Tâche d'adoucir son tourment.
De mon cœur tu sçais la constance !
Non , rien ne pourra t'en bannir.
Malgré le sort , malgré l'absence ,
Tu vivras dans mon souvenir.
Malgré le sort , malgré l'absence ,
Que je vive en ton souvenir.

CHRISTINE.

Malgré le sort , malgré l'absence ,
Tu vivras dans mon souvenir.

GERMAINE. | ADRIEN.
Ce coup ébranle ma conf- | Ce coup ébranle ma cons-
    tance : | tance :
Ah ! je ne puis le soutenir. | Non , je ne puis le soutenir,

SCENE XII.

Les Acteurs précédens, CHARLES BRUNO, LA JEUNESSE DU VIL-LAGE, PAYSANS, PAYSANNES, de tout âge.

ADRIEN.

Voici la Jeuneſſe du Village : viens, dérobons-nous à leurs larmes.

JUSTIN, *preſſant Germaine & Chriſtine dans ſes bras.*

Ma mere !... ma chere Chriſtine !...

GERMAINE.

O mon fils ! mon cher enfant !...

(*Adrien & Juſtin ſe mêlent avec la Jeuneſſe du Village, qui doit être ſur l'un des côtés du Théâtre avec une partie de la Maréchauſſée. Le reſte eſt de l'autre côté avec les Payſans & Payſannes qui viennent voir tirer la Milice.*)

SCENE XIII.

Les Acteurs précédens , FRAPPEDA-
BORD , *le sabre sous le bras ; PLU-*
SIEURS RECRUES , *en guêtres , & le
havresac sur le dos , prêtes à partir ; les
uns ayant des pots pleins de vin à la
main ; & les autres , des verres. Frappedabord est à leur tête. Ils chantent le qua-
train suivant , partie derriere le Théâtre
& partie en arrivant sur la Scène.*

(*Fragment parodié d'un couplet de la Soirée des
Boulevards.*)

FRAPPEDABORD.

BRAVES amis , c'est dans Touraine
Qu'il faut faire un engagement.
　　　　(*Bis en chorus par les Recrues.*)
Nôt' Colonel , grand Capitaine ,
Est un luron qu'êt bon vivant.
　　　　(*Bis en chorus par les Recrues.*)

Hé ben ! Enfans de la joie , quelqu'un veut-il
prendre parti , Mille charretées de grenades !

n'eſt-il pas dommage qu'une auſſi belle Jeuneſſe s'expoſe à tomber dans la Milice ? Venez au Régiment, morbleu ; vous y aurez toute forte de douceur, toute forte d'agrément. Maître d'armes, Maître d'écriture, Maître à danſer gratis ; bon engagement ; habillé de neuf, en arrivant, de pied en cap. Les jolis garçons ſont tirés ſur le champ dans la Colonelle, & les gens à talens ſont diſtingués ſelon leur mérite. On a beſoin d'un Écrivain, d'un Coureur, d'un Cocher....

ALAIN, ſouriant.

D'eun Coureux, morgué !...

FRAPPEDABORD.

Voyez, Meſſieurs ; décidez-vous. Dans un inſtant vous ne ſerez plus à même. (*Bas à ſes Recrues.*) Tâchez d'engeoler quelque pigeonneau, vous autres (*Haut.*) Verſez à boire, enfans ; qu'on boive, qu'on ſe divertiſſe. Soumettre le cœur des belles & les ennemis de notre Roi, voilà nos ſeules occupations. (*A Adrien.*) Allons, Camarade, buvons un coup à la ſanté du Roi.

ADRIEN.

Volontiers. On ne refuſe jamais cela.

PLUSIEURS PAYSANS ET PLUSIEURS
RECRUES, après avoir bu.

Vive le Roi ! Vive le Roi !

CHARLES BRUNO, à Alain niais, qui regarde
Frappedabord avec admiration.

Engage-toi avec Monſieu Frappedabord ; c'eſt

un Pays, le fils à nôt' Magifter ; il aura foin de toi, il te dégourdira.

FRAPPEDABORD.

Mais, je m'en vante. —— Si dans trois mois je n'en fais pas un luron accompli, qu'on me coupe la mouftache.

ALAIN.

Nanain, je ne valons rien pour le métier de la guerre.

FRAPPEDABORD.

Pourquoi ça ?

ALAIN.

C'eft qu'je fuis peureux.

FRAPPEDABORD.

Commént, mille z'yeux ! —— Tiens, voilà mon fabre, il guérit de la peur.

ALAIN, *reculant de frayeur.*

Nanain, nanain.

FRAPPEDABORD, *à Adrien.*

Et toi, Camarade, n'as-tu pas envie de faire une campagne ?

ADRIEN, *fièrement.*

Non.

FRAPPEDABORD.

Diable ! t'as le paroli ben bref ! —— Et pourquoi ?

ADRIEN.

Voilà mon ami, à qui je fuis attaché pour la vie.

FRAPPEDABORD.

Hé ben ! engagez-vous tous les deux : c'eſt le vrai moyen de n'être pas ſéparés.

JUSTIN.

Ah ! ſi ma ſituation vous étoit connue !....

FRAPPEDABORD.

Bon, bon ! eſt-ce quelque tendron, quelque maitreſſe qui te tient au cœur ? — Ami, fais comme moi.

ARIETTE.

Je ſuis fidèle à ma maitreſſe,
Comme je le ſuis à mon Roi.
Tous deux partagent ma tendreſſe,
Et régnent tour-à-tour ſur moi ;
Mais quand il faut à la victoire
Sacrifier mes plus beaux jours,
Je vole où m'appelle la gloire,
Et j'abandonne les amours.

GUILLOT, *qui a paru dans la dixieme Scène.*
Voici le Syndic.

CHARLES BRUNO, *avec joie & en ſautant.*
Voici le Syndic, voici le Syndic.

SCENE XIV.

Les Acteurs précédens ; LE SYNDIC, *un état à la main.*

LE SYNDIC.

A Vos rangs, à vos rangs, Meffieurs ; & fur-tout du filence quand vous tirerez. Monfieur le Subdélégué me fuit. (*La Jeuneffe du Village fe range en haie.*) Tout le monde eft ici, je penfe ?

(*Il les compte avec l'index de fa main droite.*)

CHARLES BRUNO, CINQ PAYSANNES.
Oui.

I. PAYSANNE.

Quand je vous le difons, commere ? —— Pas vrai, Monfieu le Syndic ?

LE SYNDIC.

C'eft bon. —— Quoi ?

LA PAYSANNE.

Que les deux Miliciens qui tomberont au fort partent demain, fans faute ?

LE SYNDIC.

Oui.

LA PAYSANNE.

Là. —— Hé bian ! Voifine, qu'vous avions-je dit ?

II. PAYSANNE, *joignant ses mains en signe de pitié.*

Jésus ! mon pauvre Nicolas ?

III. PAYSANNE, *beaucoup plus jeune que la précédente.*

Mon pauvre frere !

IV. PAYSANNE.

Mon pauvre cousin !

V. PAYSANNE.

Mon cher fils !

FRAPPEDABORD.

Parbleu, les v'là ben à plaindre ! Et moi, morbleu, faut-il pas que je parte aujourd'hui pour joindre mon Régiment ?

LE SYNDIC.

Où est le nommé Boniface Lapoquette, dit Clopinel ?

CLOPINEL, *boiteux & extrêmement niais.*
Ici.

LE SYNDIC.

Tiens-toi là, afin que je te présente à Monsieur le Subdélégué, si-tôt qu'il arrivera.

CLOPINEL.

Oui.

GUILLOT.

Le v'là, le v'là.

LE SYNDIC, *d'un air affairé.*

Ah ! ah ! (*A vos rangs, Messieurs.*) Place, place, vous autres, qu'on se range. (*Au Paysan boiteux.*)

Paffe ici, toi ; ici, ici. (*A une jeune Payfanne.*)
Garre de-là, petite ; allons, allons....

LA JEUNE PAYSANNE.

Mon Dieu !...

SCENE XV , ET DERNIERE.

Les Acteurs précédens ; LE SUBDÉLÉ-
GUÉ , *entrant par le côté où font les
Payfannes. A fon arrivée , les Payfans
ôtent leur chapeau. Les Payfannes font
la révérence.*

LE SYNDIC, *préfentant un Payfan au Subdélégué.*

VOILA le nommé Clopinel, qui tantôt...

LE SUBDÉLÉGUÉ.

Je fçais, je fçais; n'eft-ce pas cet homme qui
dit avoir un rhumatifme adhérent à la rotule du
genou gauche ?

CLOPINEL, *faifant quelques pas en boitant.*
Oui, Monfieu le Subdélégué.

LE SUBDÉLÉGUÉ.

As-tu un certificat, mon ami, qui attefte?...

CLOPINEL.

Non, Monfieu le Subdélégué.

LE SUBDÉLÉGUÉ.

En ce cas-là, tu tireras, mon ami ; rien ne
sçaurait t'en exempter.

CLOPINEL.

Mais, Monfieu le Subdélégué...

LE SUBDÉLÉGUÉ.

Paix. Qu'on ne m'en parle plus. (*Au Syndic.*)
Tout eft-il prêt ?

LE SYNDIC.

Oui, Monfieur. Quand vous jugerez à propos...

LE SUBDÉLÉGUÉ.

Allons ; il n'y a qu'à tirer.

(*Il s'affied, prend une plume, ouvre le Regiftre, &c.*)

I. PAYSANNE.

Voifine, queu moment !

II. PAYSANNE.

Ah ! je n'ons pas eune goutte de fang dans les
veines.

LE SYNDIC, *fon état à la main.*

Alexandre Chopinart.

CHOPINART.

Me v'là.

LE SUBDÉLÉGUÉ.

Tire un billet, mon ami. (*Le Payfan tire un
billet & le donne au Subdélégué. Ce qui eft répété
fucceffivement. Le Subdélégué le déplie & dit :*)
Tu es libre.

CHOPINARD, *qui vient de tirer, à la Jeuneffe
du Village.*

Bonne chance, Meffieurs ! (*Il accourt vers fes*

parens.) Mon pere! ma mere! ma sœur! Ventre-
gué, queu satisfaction!

DOUCELET, *de la Jeuneſſe du Village.*

Sarpedié, qu'il eſt heureux ſti-là?

EUSTACHE.

Ah! je t'en fais bon! gageons que j'attrappe le
for?

DOUCELET.

Bauh, bauh! queu conte!

LE SYNDIC, *leur impoſant ſilence.*

S ſ ſt. Baptiſte Doucelet.

DOUCELET.

Me voici.

(*Une jeune Payſanne s'avance & le regarde tirer
attentivement & avec émotion.*)

LE SUBDÉLÉGUÉ.

Blanc.

(*Le Payſan qui vient de tirer & la jeune Payſanne
s'embraſſent avec le tranſport de la plus vive
ſatisfaction. La Payſanne dit en même tems.*)

LA JEUNE PAYSANNE.

Ah! il n'eſt donc plus d'obſtacle à notre bonheur.

LE SYNDIC.

Charles Bruno.

CHARLES BRUNO, *d'un ton ferme & réſolu.*

Me v'là. ——Gar' de-là, vous autres, vous allais voir comm' on tire ça.

(*Il tire, en regardant le Syndic d'un air d'intelligence.*)

LE SUBDÉLÉGUÉ.

Milicien.

(*Il l'enregiftre.*)

EUSTACHE, *fe frottant les mains en figne de plaifir.*

Et d'un.

CHARLES BRUNO, *dans le plus grand étonnement.*

Comment, Monfieu le Syndic ! v'là une belle équipée qu'vous faites là !

LE SYNDIC.

Eft-ce qu'il y a de ma faute ? (*Bas.*) Sur mon Dieu, j'ai fait ce que j'ai pu...

CHARLES BRUNO.

Pour attrapais mon cochon de lait. (*Le Syndic touffe, afin qu'on n'entende pas Charles Bruno. Charles Bruno, le menaçant avec le poing.*) Ventre de moi, fi ce n'etait...

LE SYNDIC.

Hé bien, hé bien ! qu'eft-ce que c'eft que ce mutin ? Je crois que... Hom !...

(*Charles Bruno fe gliffe furtivement & d'un air confus derriere la Jeuneffe du Village. Le Syndic le fuit des yeux.*)

UN PAYSAN.

Hé bian ! eft-ce comm' ça que tu nous montres à tirais ?

FRAPPEDABORD.

Frero, fi tu m'avois cru...

CHARLES BRUNO, *impatienté*.

Foin de moi !

E U S T A C H E.

Ah ! Monfieu le malin , vous donnais des co-
chons de...

L E S Y N D I C.

Paix.— Hom !

L E S U B D É L É G U E.

Meffieurs, Meffieurs, un peu de filence : on ne
s'entend pas,

L E S Y N D I C.

Boniface Lapoquette, dit Clopinel. (*Plus haut.*)
Boniface Lapoquette, dit Clopinel.

CLOPINEL , *d'une voix foible & tremblante.*

Me v'là.

L E S Y N D I C.

Allons donc.

CLOPINEL , *héfitant plufieurs fois de tirer , en fe
grattant la tête.*

Ha, a, a, ai !

L E S Y N D I C.

Hé bien ? fçais-tu que je m'impatiente ?

C L O P I N E L.

Morgué, vous êtes bian preffant !

L E S Y N D I C.

Courage.

CLOPINEL , *tirant deux billets à la fois.*

Quel eft le bon des deux ? (*Il laiffe tomber un*

billet.) Slui-ci? (*Le Syndic retire le Corbillon.*)
Non, non, arrêtez.

LE SYNDIC, *lui arrachant le billet des mains.*
　Hé, que de façon !

(*Il donne le billet au Subdélégué.*)

CLOPINEL, *prêt à s'évanouir, tandis que le Subdé-*
　légué déplie le billet.

　Hai!... Hai!... Hai!...

LE SUBDÉLÉGUÉ.
Blanc.

CLOPINEL, *ceſſant de boiter & embraſſant tous*
　ceux qu'il rencontre, même le Syndic.

　O Monſieu le Syndic ! ô mes amis ! mes com-
pagnons ! mes camarades ! Blanc ! blanc ! queu
joie ! queu plaiſir ! Michaut, Michaut, où qu'
t'es, mon garçon ? Vians donc ; allons portais ſte
nouvelle-là cheux nous. —— Dieu vous tianne en
joie, Monſieu le Subdélégué.

(*Il ſort avec ſon camarade.*)

LE SYNDIC.
Euſtache la Papoire.

I. PAYSAN.
A toi.

EUSTACHE.
Me v'là, me v'là. —— Mamſelle Perrette, vous
qu'êtes ſi chanceuſe, tirais pour moi, morgué.

PERRETTE.
Avec plaiſir.

EUSTACHE.

EUSTACHE.

N'allais pas me fourrais dans le margouilli, dà.

PERRETTE.

Ha ! dame...

EUSTACHE.

Tirais, tirais toujours.

LE SUBDÉLÉGUÉ.

Blanc.

EUSTACHE.

Oh ! palsangué, ça mérite eun baisais.

PERRETTE.

Finissez donc, finissez-donc. —— Quelle ennuyance !.., (*En riant.*) Si j'avais sçu, je vous aurais fait tomber au fort ; là.

EUSTACHE.

Voyais eun peu, la p'tite méchante !

LE SUBDÉLÉGUÉ, *s'appercevant que Frappedabord fait tout ce qu'il peut pour engager un Paysan qui n'a pas tiré.*

Monsieu Frappedabord, je crois m'appercevoir que vous cherchez à débaucher nos jeunes gens. Vous devez sçavoir...

FRAPPEDABORD.

Monsieur, je ne suis ici que comme spectateur.

LE SUBDÉLÉGUÉ.

A la bonne heure. (*Au Syndic.*) Poursuivez.

LE SYNDIC.

Henri Juftin.

GERMAINE. *(Juftin tire un billet.)*

O Ciel! mon fils! mon enfant!...*(Le Subdélégué déplie le billet de Juftin.)* O ma chere Chriftine! ...

LE SUBDÉLÉGUÉ, *avec douleur.*

Milicien.

(Adrien paffe rapidement du côté de Chriftine.)

GUILLOT.

V'là qu'êt féni.

(La Jeuneffe du Village fe difperfe.)

JUSTIN.

Dieux!

CHRISTINE, *s'évanouiffant dans les bras d'Adrien.*

Je me meurs.

*(La curiofité fait attrouper les Payfans à l'entour
de Chriftine , de façon , pourtant , que le Spectateur ne perde rien de la fituation.*

JUSTIN.

O mon ami! ma mere! ma chere Chriftine!...
Chriftine! ouvre les yeux ; regarde ton amant
pour la derniere fois.

LE SUBDÉLÉGUÉ, *à part.*

Quel fpectacle touchant!

CHRISTINE, *d'un ton tendre & douloureux.*

Tu m'es ravi, tout eft perdu pour moi. —
O ma mere! qu'allons-nous devenir ?

GERMAINE.

Ah ! tu es plus à plaindre que moi. Je touche au bout de ma carriere ; je verrai bien-tôt finir mes jours avec ma peine ; mais toi ?...

ADRIEN.

Raſſurez-vous, mere infortunée ; vous ne ſerez point ſéparés.

GERMAINE.

Ah ! de quel bonheur me flattes-tu ?

ADRIEN.

Non. Juſtin ne partira pas, il reſtera pour vous aimer, pour vous chérir l'une & l'autre.

GERMAINE.

Eh ! qui me le rendra ? Qui empêchera ?...

ADRIEN.

Moi.... (*Au Subdélégué.*) Monſieur, je marche à ſa place.

(*Les Payſans ſe témoignent réciproquement la ſurpriſe qu'ils ont du procéde d'Adrien.*)

JUSTIN.

Arrête ! ô mon ami !... C'eſt inutile. Le Ciel a voulu que le ſort me tombât : je marcherai.

ADRIEN.

Et tu te dis mon ami ! (*Au Subdélégué.*) Non, Monſieur, je marche à ſa place, j'y marcherai. — Je t'ai cru mon ami juſqu'à préſent : prouve-moi que tu l'es encore.

JUSTIN.

Quoi ! tu voudrais.... Non, jamais....

ADRIEN.

Je n'ai ni parens, ni fortune, rien ne m'attache au monde que toi. Tu as une mere qui ne peut se passer de tes soins ; une maitresse à qui ton départ coûteroit la vie. Reste auprès d'elles, mon ami ; rends-les heureuses autant qu'elles le méritent. J'irai servir le Roi à ta place ; la paix se fera ; j'aurai mon congé ; je viendrai t'embrasser & partager ton bonheur.

JUSTIN.

Ah ! si je te suis cher, si l'état de ma mere t'intéresse, au nom de l'amitié qui nous lie, promets-moi de ne pas l'abandonner. Je la recommande à tes soins. L'amour, —— l'amour me prêtera des forces pour supporter mon infortune.

ADRIEN.

Si ma voix n'est pas assez puissante pour te toucher, ô mon ami ! (*Il prend Christine par la main.*) Regarde ta maitresse en pleurs, ta mere privée de son unique appui, livrée au désespoir. —— Pourquoi faire trois infortunés, tandis que nous pouvons être tous heureux ? Approche ; (*Il met la main de Justin dans celle de Christine.*) que je vous voye unis, & je pars content.

JUSTIN.

Ah ! la nature & l'amour l'emportent ; mais sois sûr....

ADRIEN.

Arrête.

CHRISTINE , *se jettant dans les bras d'Adrien en même temps que Germaine.*

Monsieur Adrien !...

G E R M A I N E.

O le meilleur de tous les amis!...

A D R I E N.

Je n'ai fait pour Justin que ce qu'il eût fait à ma place. Pensez à moi quelquefois, donnez-moi de temps en temps de vos nouvelles. —— Sçavoir son ami heureux, c'est l'être soi-même.

CHARLES BRUNO, *les premiers mots aux Paysans qui sont à l'entour de lui.*

Queu bon cœur! Queu brave garçon! Morgué, je n'y tians pas, faut qu'je t'embrasse. J'équions fâché que le sort m'eût tombé ; mais à présent j'en sis ravi, pis qu'je t'avons pour compagnon.

F R A P P E D A B O R D.

Je le crois ben. —— Touche-là, Camarade ; j'aime qu'on pense en joli garçon. Si tu passes jamais où sera le Régiment, j'espere que nous renouvellerons connaissance.

A D R I E N.

De tout mon cœur.

F R A P P E D A B O R D.

Tu n'as qu'à demander Frappedabord.

LE S U B D É L É G U É.

Mon ami, de tels sentimens vous font honneur. J'en instruirai Monseigneur l'Intendant, & je ne doute pas qu'il ne récompense comme il le doit, une générosité aussi louable.

A D R I E N.

Mon ami est heureux : est-il une plus douce récompense ?

D iij

CHŒUR.

Quels sentimens ! quelle ame noble & belle !
Quelle vertu ! quelle amitié !
Pour son ami rien n'a borné son zèle :
Qu'un trait si beau soit par-tout publié.

JUSTIN, *avec le Chœur.*

O mes amis, prenez tous pour modele
Ses sentimens, son amitié.
Si vous mettez quelque prix à son zèle,
Qu'un trait si beau soit par-tout publié.

ADRIEN, *avec le Chœur.*

Ce que j'ai fait pour un ami fidèle,
Je le devois à l'amitié.
Si vous mettez quelque prix à mon zèle,
Qu'un trait pareil soit toujours oublié.

CHRISTINE, JUSTIN, GERMAINE.

Et toi, qui partages } l'ivresse
Et vous, qui partagez }

De les } voir à jamais unis ;
De nous }

Toi } par qui notre peine cesse,
Vous }

Comment vous } payer d'un tel prix ?
Comment te }

ADRIEN.

Soyez heureux ; & ma tendresse
Verra tous ses vœux accomplis.

(*On reprend le Chœur.*)

FRAPPEDABORD, *seul.*

Je suis flatté de te connaître.
Tu fais voir à mon cœur ravi
Ton attachement pour ton Maître,
Tes sentimens pour ton ami.

ADRIEN.

Il est doux de servir un tel Maître,
Quand on le sert pour son ami.

(On reprend le Chœur.)

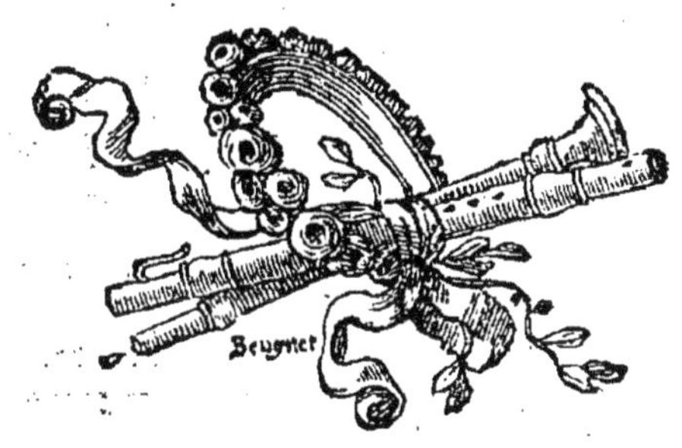

PASTORALE.

Larghetto.
CHRISTINE.
Co - lin un jour,
fur la fou - ge - re, Con - tant à
Baſ - tien ſon tour - ment,
Lui di - ſoit : j'ai - me une Ber - ge - re ;
Mais je l'aime i - nu - ti - le - ment.

Quoi! dit Baſ - tien, elle eſt

ſé - vè - re? Hé bien! é - teins ce

feu naiſſant. Ah! re - prit - il,

en ſou - pi - rant, J'y fais en

vain tout mon poſ-ſi - ble; Mon ar -

deur s'ac-croît cha - que jour. A-

vec un cœur ten-dre & ſen - ſi - ble, Peut-

FIN.
MINEUR.
on, hé-las! ré-fif-ter à l'A-mour? Peut-
on, hé-las! ré-fif-ter à l'A-mour?
Co-lin pourfuit: je m'é-tu-di-e
A pou-voir cal-mer ma dou-leur.
Aux champs, aux bois, dans la prai-ri - - e;

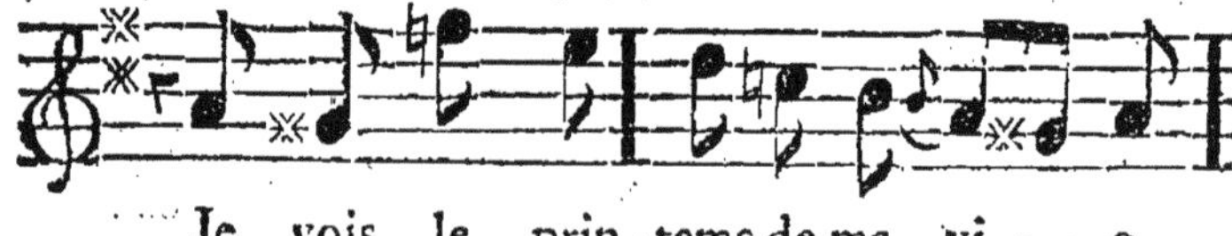
Par-tout, par-tout, l'ennui s'offre à mon cœur.
Je vois le prin-tems de ma vi - - e,

De mê-me qu'u-ne ten-dre fleur,
Per-dre l'é-clat de sa fraîcheur. J'y
fais en-vain tout mon pos-si-ble;
Mon ar-deur s'ac-croît chaque jour.
A-vec un cœur ten-dre & sen-sible, Peut-
on, hé-las! ré-sif-ter à l'A-mour?
Peut-on, hé-las! ré-sif-ter à l'A-mour?

3. *Couplet.*

L'A - mour, ca - ché der - rie - re un
frê - ne, Sou - rit, & fut à
ce Ber-ger; Va, lui dit - il,
de l'in-hu - mai - ne Je sçau - rai bien-
tôt te ven - ger. Il vole, il vole, à ces
mots, dans la plai - ne, Trou-ve Li-
son, lui lan - ce un trait.

Ce coup fa - tal eut son effet. Elle eut beau fai - re son pof-
fi - ble; Son ar - deur s'ac - croît chaque
jour. A - vec un cœur ten - dre &
fen - fi - ble, Peut - on, hé - las! ré - fif-
ter à l'A-mour? Peut - on, hé - las! ré - fif-
ter à l'A - mour?

APPROBATION.

J'AI lu, par ordre de Monſieur le Lieutenant Général de Police, les *deux Miliciens*, ou *l'Orpheline Villageoiſe*, Comédie ; & je crois qu'on peut en permettre la repréſentation & l'impreſſion. A Paris, ce 6 Août 1771.

MARIN.

Vu l'Approbation, permis de repréſenter, ce 8 Août 1771.

DE SARTINE.

De l'Imprimerie de la Veuve SIMON & FILS , ImprimeurLibraires de LL. AA. SS. Meſſeigneurs le Prince de CONDÉ & le Duc de BOURBON, rue des Mathurins, 1771.

9 782014 056129